AF393980

Otto Finsch

Zur Ornithologie der Samoa-Inseln

Antigonos

Otto Finsch

Zur Ornithologie der Samoa-Inseln

Unveränderter Nachdruck der Originalausgabe von 1872.

1. Auflage 2024 | ISBN: 978-3-38699-333-3

Antigonos Verlag ist ein Imprint der Outlook Verlagsgesellschaft mbH.

Verlag: Outlook Verlag GmbH, Zeilweg 44, 60439 Frankfurt, Deutschland
Vertretungsberechtigt: E. Roepke, Zeilweg 44, 60439 Frankfurt, Deutschland
Druck: Libri Plureos GmbH, Friedensallee 273, 22763 Hamburg, Deutschland

JOURNAL

für

ORNITHOLOGIE.

DEUTSCHES CENTRALORGAN

für die

gesammte Ornithologie.

In Verbindung mit der

deutschen ornithologischen Gesellschaft zu Berlin,

mit Beiträgen von

Dr. G. Hartlaub, Eug. F. v. Homeyer, Dr. A. E. Brehm, Dr. Ant. Fritsch, Hauptm. Alex. v. Homeyer, Hof-Rath M. Th. v. Heuglin, Dr. O. Finsch, Aug. v. Pelzeln, Ludw. Holtz, Victor v. Tschusi-Schmidhofen, Dr. H. Golz, Forstmeister H. Goebel, Dr. Ant. Reichenow, Dr. C. Stölker, Dr. Dybowski, L. Taczanowski, G. v. Koch, Dr. E. Rey, W. v. Nathusius, G. v. Gizycki, Dr. Reinh. Brehm, Alex. Bau, Joh. v. Fischer, Dr. Th. Krüper, Dr. Jean Gundlach, C. Preen, Dr. A. Hansmann und anderen Ornithologen des In- und Auslandes,

herausgegeben

von

Dr. Jean Cabanis,

erstem Custos am Königl. Zoolog. Museum der Friedrich-Wilhelms-Universität zu Berlin;
Secr. d. deutschen ornithologischen Gesellschaft zu Berlin.

XX. Jahrgang.
Dritte Folge, 3. Band.

Mit 1 schwarzen und 1 farbigen Tafel.

Leipzig, 1872.
Verlag von L. A. Kittler.

LONDON,
Williams & Norgate, 14.
Henrietta Street, Coventgarden.

PARIS,
A. Franck, rue Richelieu, 67.

NEW-YORK,
B. Westermann & Co.
440 Broadway.

Preis des Jahrganges (6 Hefte mit Abbildungen) 6 Thaler prän.

Zur Ornithologie der Samoa-Inseln.

Von

Dr. O. Finsch.

In den nachfolgenden Blättern gebe ich eine Zusammenstellung aller Untersuchungen und Notizen über die Vögel der Samoa- oder Schiffer-Inseln, die ich seit dem Erscheinen unserer „Ornithologie der Viti-, Samoa- und Tonga-Inseln" (1867) anstellen und sammeln konnte, und zwar auf Grund weiterer durch freundliche Vermittelung des Museum Godeffroy in Hamburg erhaltenen Sendungen. Es gelangten deren seither sechs in meine Hände, die mit Ausnahme einer einzigen von Savai durch Herrn Kubary, über welche wir bereits berichteten*), von Dr. Gräffe herrühren. Dieser

*) On a collection of Birds from Savai and Rarotonga, Islands in the Pacific. By Dr. G. Hartlaub and Dr. O. Finsch. Proceed. Z. S. London. 1871. pag. 21 —32. (pl. II). — Behandelt 10 Arten.

Gelehrte, welcher unter den um die Durchforschung Central-Polynesiens verdienten Männern eine so hervorragende Stellung einnimmt und dessen Name für immer mit der Forschungsgeschichte dieses Gebietes in der ehrenvollsten Weise verbunden bleiben wird, ist nach fast zehnjähriger erfolgreicher Thätigkeit vor wenigen Monaten wieder nach Europa zurückgekehrt. Dieser Umstand lässt es räthlich erscheinen, die Publication der bisher auf ornithologischem Gebiete gewonnenen Resultate nicht länger zurückzuhalten, um so mehr, als Herr Kubary, der Anfangs auf Savai sammelte, jetzt auf den westlichen Carolinen thätig ist, womit die weitere Durchforschung der Samoagruppe vorläufig zum Stillstande gelangte, der hoffentlich nur von kurzer Dauer bleibt.

Wie unser Aufsatz „zur Ornithologie der Tonga-Inseln"*) (siehe dieses Journal 1870, pag. 119—140) als ein erster längerer Nachtrag zu unserm Hauptwerke betrachtet werden kann, so darf dieser als Fortsetzung gelten.

Der Stand unserer Kenntniss der Vogelwelt Samoas, wie wir ihn vor 5 Jahren schilderten, ist im Ganzen nicht erheblich verändert und nur durch 5 Arten vermehrt worden. Drei davon (*Sterna fuliginosa, Gygis alba, Phaëton candidus*), bekannt als weitverbreitete oceanische Seevögel, waren wohl nur aus Zufall hier unbeobachtet geblieben, aber zwei interessante neue Formen (*Lobiospiza* und *Pareudiastes*) sind nicht nur für die Gruppe, sondern für die Ornithologie überhaupt eine willkommene Bereicherung. Wenn die Hoffnungen, welche eine weitere Durchforschung der Gruppe erwecken durften, nicht in dem Gráde erfüllt worden sind, wie man vielleicht erwartete, so ist der Grund wohl hauptsächlich darin zu suchen, dass die Vogelwelt der Gruppe eben keinen grösseren Reichthum bietet. Andererseits lässt sich von einer gründlicheren Durchforschung Savais, der grössten und schönsten Insel der Gruppe, immerhin noch das eine oder andere Neue erwarten, denn eigentlich sind wir eben nur mit Upolu gründlicher vertraut. Während wir von dieser Insel 46 Arten kennen, haben wir nur von 14

---

*) Behandelt 18 durch Dr. Gräffe auf dieser Gruppe eingesammelte Arten, zu denen der Reisende später selbst wichtige biologische Beiträge lieferte („Ornithologische Mittheilungen aus Central-Polynesien. Von Dr. Eduard Gräffe. 1. Die Vogelwelt der Tonga-Inseln". Journ. f. Orn. 1870, p. 401—420). — Ueber eine frühere Sendung dorther, 11 Arten umfassend, berichteten wir: Proceed. Z. S. London 1869, pag. 544—518. („On a small collection of Birds from the Tonga-Islands. By Dr. O. Finsch und Dr. G. Hartlaub".)

auf Savai vorkommenden Kunde. Die Ornithologie der Samoa-Inseln ist daher, trotz den erfreulichen Fortschritten, welche dieselbe namentlich durch Dr. Gräffe's Forschungen machte, noch keineswegs als abgeschlossen zu betrachten und wird durch weitere Untersuchungen noch manche Correctionen erfahren. Die Totalzahl der bis jetzt auf Samoa nachgewiesenen Vögel beziffert sich auf 51, wovon 18 der Gruppe eigenthümlich sind, darunter nicht weniger als 5 eigene, höchst merkwürdige Gattungen. Die Vitigruppe hat bei einer gleichen Anzahl exclusiver Arten nur eine einzige eigenthümliche Form (*Chrysoena*)*) aufzuweisen.

Ich lasse hier ein revidirtes Verzeichniss der Vögel Samoa's folgen.

		Savai.		Upolu.		Tutuila.	
		Gräffe.	Kubary.	Gräffe.	Peale.		Peale.
	1.	*Strix delicatula* Gould	†	†	†	†	—	—
	2.	*Domicella fringillacea* Gml.	†	†	†	†	—	—
	3.	*Eudynamis taitiensis* Sparrm.	—	—	†	†	—	—
*	4.	*Halcyon Pealei* F. et H.	—	—	—	†	—	†
*	5.	„ *recurvirostris* Lafr.	—	†	†	†	—	—
	6.	*Collocalia spodiopygia* Peale		†	†	†	—	†
	7.?	*Myzomela jugularis* Peale	—	—	—	—	—	—
	8.	„ *nigriventris* Peale	—	—	†	†	—	—
	9.	*Ptilotis carunculata* Gml.	—	—	†	†	—	—
*	10.	*Leptornis samoënsis* H. et J.	—	—	†	†	—	†
	11.	*Tatare longirostris* Gml.	—	—	—	†	—	—
*	12.	*Petroica pusilla* Peale	—	—	†	†	—	—
	13.	*Merula vanicorensis* Q. et G.	—	—	†	†	—	—
*	14.	*Rhipidura nebulosa* Peale	—	†	†	†	—	—
*	15.	*Myiagra albiventris* Peale	—	—	†	†	—	—
	16.	„ *castaneiventris* Verr.	—	—	†		—	—
*	17.	*Pachycephala icteroides* Peale	—	—	†	†	—	—
*	18.	„ *albifrons* Peale	—	—	†	†	—	—
	19.	*Lalage terat* Bodd.	—	—	†	†	—	—
*	20.	*Aplonis brevirostris* Peale	—	—	†	†	—	—
*	21.	*Sturnoides atrifusca* Peale	—	†	†	†	—	†
*	22.	*Amblynura cyanovirens* Peale	—	†	†	†	—	—
*	23.	*Labiospiza notabilis* F. et H.	—	†	†	—	—	—
*	24.	*Amadina optata* F. et H.	—	—	†	—	—	—
	25.	*Ptilinopus Perousei* Peale	—	—	†	†	—	—
	26.	„ *fasciatus* Peale	—	—	†	†	—	—
	27.?	*Columba vitiensis* Q. et G.	—	—	†	—	—	—
*	28.	„ *castaneiceps* Peale	—	—	†	†	—	—
	29.	*Carpophaga pacifica* Gml.	—	†	†	†	†	—

*) Eine zweite, prachtvoll und einfarbig rothe Art ist ganz neuerdings von Gould unter dem Namen: *Chrysoena Victor* beschrieben worden. Hierauf bezieht sich die „mennigerothe" *Chrysoena*, welche Dr. Gräffe in diesem Journal zuerst erwähnte (1870), pag. 418).

	Savai.		Upolu.		Tutuila.
	Gräffe.	Kubary.	Gräffe.	Peale.	Peale.
30. *Phlegoenas Stairii* Gr.	—	—	†	—	—
*31. *Didunculus strigirostris* Jard.	†	†	†	†	†
*32. *Megapodius* (*Stairii* Gray)	—	—	—	—	—
33. *Charadrius fulvus* Gml.	—	—	†	†	—
34. *Strepsilas interpres* L.	—	—	†	—	—
35. *Ardea sacra* Gml.	—	—	†	†	—
36. *Limosa uropygialis* Gould	—	—	†	—	—
37. *Actitis incanus* Gml	†	†	†	†	—
38. *Ortygometra quadristrigata* Horsf.	—	—	†	—	—
39. „ *tabuensis* Gml.	—	—	†	—	—
40. *Rallus pectoralis* Less.	—	†	†	†	—
*41. *Pareudiastes pacificus* H. et F.	—	†	—	—	—
42. *Porphyrio samoënsis* Peale	—	†	†	†	—
43. *Anas superciliosa* Gml.	—	—	†	†	—
44. *Sterna fuliginosa* Gml.	—	—	†	—	—
45. *Gygis alba* Sparrm.	—	—	†	—	—
*46. *Thalassidroma lineata* Peale	—	—	—	†	—
47. *Phaëton rubricaudatus* Bodd.	—	—	—	†	—
48. „ *aethereus* L.	—	—	†	—	—
49. „ *candidus* Briss.	—	—	†	—	—
50. *Dysporus sula* L.	—	—	†	—	—
51. *Tachypetes aquilus* L.	—	—	†	—	—

1. *Strix delicatula* Gould.

Finsch et Hartl. Orn. Centr.-Polyn. p. 11. — ib. Journ. f. Orn. 1870. p. 122 (Tonga). — ib. Proc. Z. S. 1871. p. 22 (Savai). —

Ein Exemplar von Savai (1868), welches mit dem von uns beschriebenen von den Viti-Inseln übereinstimmt; die Innenfahne der ersten Schwingen zeigt 4 undeutliche dunkle Querbinden, die der zweiten Schwingen 3 dunkle Querflecke.

Von Savai auch durch Kubary erhalten.

2. *Domicella fringillacea* Gml.

F. et H. l. c. p. 25. — ib. Proc. 1871. p. 22 (Savai). —

Alte und junge Vögel von Upolu. Letztere haben einen dunkelbraunen Oberschnabel mit hellerer Basis und gelben Unterschnabel. Das Roth der Backen und auf Bauchmitte ist blasser; der violette Bauchfleck nur schwach angedeutet.

Beide Geschlechter (anatomisch von mir untersucht) stimmen durchaus überein. — Die Zunge ist vorn sehr dicht mit bürstenartigen Papillen besetzt; die Furcula fehlt; die Bürzeldrüse ist stark entwickelt, einzipfelig und mit wenigen Federhaaren besetzt; der Magen bildet einen kurzen, häutigen Sack; der Inhalt bestand aus einer breiartigen dunklen Masse, die feine Fäserchen erkennen liess, aber keinerlei Sämereien.

Fl.:	Schw.:	F.:	L.:	Aeuss. V.Z.:	
4″ 11‴.	2″ 5‴.	5½‴.	7‴.	7‴.	♂ (anat.)
3″ 10‴.	2″ 5‴.	5¼‴.	7‴.	7‴.	♀.

Die Eingeborenen unterscheiden die jüngeren Vögel unter dem Namen „Tagi-tagi".

Nach Dr. Gräffe auf Samoa und Savai; hier auch durch Kubary eingesammelt.

3. *Eudynamis taitiensis* (Sparrm.).

F. et H. l. c. p. 26. —

Ein jüngeres Weibchen von Upolu mit lebhaft rostgelbrother Kehle, Kropf und Brust.

„Aleva" der Eingeborenen.

4. *Halcyon Pealei* Nob.

F. et H. l. c. p. 38. —

Die Geschichte der oceanischen Eisvögel bietet noch in manchen Punkten Unsicherheiten, die die genaue Kenntniss der Arten erschweren und beeinträchtigen, und wir dürfen uns nur rühmen mit *H. sacra* Gml. genauer vertraut zu sein, von dem wir zahlreiche Exemplare von den Tonga-Inseln erhielten, die sich als gleichartig mit solchen von der Viti-Gruppe erwiesen. In Sharpe's ausgezeichneter Monographie der Eisvögel ist der alte typische Vogel (Mittelfigur) sehr deutlich abgebildet, während die Figur links den jüngeren, mit rostgelbem Streif vom Nasenloch über's Auge und um den Hinterkopf, darstellt, wie wir ihn von Ovalou erhielten. Dagegen bezieht sich die Figur rechts auf *H. Pealei*, bei dem nur die Mitte des Oberkopfes Blau zeigt, welches ringsherum von einem breiten weissen Ringe begrenzt wird, und den wir mit Sharpe nicht ohne Weiteres als eine Altersstufe von *H. sacra* betrachten können, um so weniger als wir bisher nicht Gelegenheit hatten, Exemplare von den Schiffer-Inseln zu untersuchen.

Unser *H. Cassini* von den Viti-Inseln verdient, um dies beiläufig zu bemerken, ebenfalls sehr dringend weitere Beachtung und ist noch keineswegs, wie Sharpe annimmt, ohne Bedenken mit *sacra* zu vereinigen.

5. *Halcyon recurvirostris* (Lafr.).

F. et H. l. c. p. 41. — ib. Proc. 1871. p. 23 (Savai). —

Mehrere Exemplare von Upolu. Von Kubary auf Savai eingesammelt, woher die Art bis jetzt nicht bekannt war. „Tistaro“ der Eingeborenen.

Fl.:	F.:	Breite an Bas.:
2″ 10‴ — 3″ 1‴.	13 — 14‴.	5½ — 6‴.

Die Zunge ist ganz kurz, breit, blättchenartig und sitzt weit hinten im Rachen. Bürzeldrüse mit langem Federbüschel. Der Magen enthielt Reste von Käfern, Cicaden und Krabben.

Ein leider zerbrochenes Ei ist von milchweisser Farbe.

6. *Collocalia spodiopygia* (Peale).

F. et H. l. c. p. 48. — ib. Proc. Z. S. 1871. p. 23 (Savai). —

Drei Exemplare am Kiaka-paka, einem Bergpass 2—3000′ über dem Meere, auf Upolu eingesammelt. Sie stimmen ganz mit den von uns beschriebenen überein. Ebenso Exemplare von Savai (Coll. Kubary; Proc. Z. S. 1871. p. 23).

Ein anderes Exemplar von Upolu zeigt die Bürzelfedern mehr bräunlich mit weissgraulichen Seitensäumen; der Bürzel erscheint daher fast so dunkel als bei *C. francica* von Mauritius, aber bei letzterer fehlen die helleren Seitensäume. Von Savai durch Kubary bekannt.

Fl.:	M. Schw.:	Aeuss. Schw.:		
4″ 5‴,	18½‴,	23‴,	—	Savai.
4″ 3‴,	20‴,	23‴,	—	Upolu.
4″ 1‴,	18‴,	21‴,	—	„
4″,	18‴,	23‴,	—	*C. francica.*

Dr. Gräffe giebt folgende interessante Notiz: „Nester befanden sich an einem kolossalen hohen Feigenbaume (*Ficus microphylla*), dem Ava der Eingeborenen.“

Die von Dr. Gräffe aus den Höhlen Tongatabus eingesandten Nester einer *Collocalia* (siehe F. et H. Journ. f. Orn. 1870. p. 125 und Gräffe ib. p. 412) fanden wir so abweichend mit den von uns dargestellten der *C. spodiopygia* von Ovalou (Viti-Ins.), dass wir an eine specifische Verschiedenheit der Erbauer zu glauben geneigt waren. Die letzte Sendung Dr. Gräffe’s enthält nun zwei Nester einer *Collocalia* von Upolu, die wiederum sowohl von denen der erstgenannten Localitäten, als untereinander total abweichen. Das eine aus einer Höhle bei Falealili auf Upolu ähnelt den flachen aus Tonga durchaus, ist wie dieses aus Moos und feinen Würzelchen dicht zusammengefilzt, ohne Beimischung von Speichel zu verrathen. Es zeigt keine Anheftungsstelle am Felsen, sondern hat offenbar in einer Vertiefung gestanden.

Das andere Nest, „aus einem gigantischen Feigenbaume (Ava)"
entnommen, besteht aus einem sackartigen, dicht aus Moos zusam-
mengefilzten Körper von c. 4" Höhe, der auf seiner ebenen oberen
Seite, von ovaler Form, eine sanfte Vertiefung zeigt, die mit Federchen vom Erbauer selbst ausgepolstert ist.

Myzomela jugularis (Peale).
F. et H. l. c. p. 54. —
Die Art muss (auch in der Liste p. 32 No. 7) gestrichen
werden, da die Angabe des Vorkommens auf einem Druckfehler
(Godeff.'s Cat. II) beruht. (Schmeltz in litt.)
Die Art ist auf die Viti-Gruppe beschränkt.

8. *Myzomela nigriventris* Peale.
F. et H. l. c. p. 56. —
Zahlreiche alte und junge Vögel von Upolu; letztere in allen
möglichen Uebergängen; einzelne noch nicht völlig ausgefärbte be-
sitzen den Mantel noch schwarz gefärbt, andere mit rothem Kopf
und Halse und theilweis rothem Bürzel und oberen Schwanzdecken;
ganz junge Vögel haben nur auf den letzteren einzelne rothe Federn.

Fl.:	F.:	L.:	M. Z.:
2" 3'''—2" 6'''.	7—8'''.	8—9'''.	4½—5'''.

Untersuchung von in Spiritus erhaltenen Exemplaren: Die
lange sehr schmale Zunge ist vorn in 5 lange (4''') Fasern gespal-
ten, die am Spitzentheile zarte federartige Seitenästchen zeigen; die
stark entwickelte Bürzeldrüse ist einzipfelig, ohne Federbüschel.
Der sehr kleine Magen enthielt bei allen Insecten: bei einem eine
grosse Spinne, bei einem 2 Mücken, bei einem kleine Raupen und
bei anderen Ameisen.

9. *Ptilotis carunculata* (Gml.).
F. et H. l. c. p. 58. — ib. Journ. f. Orn. 1870. p. 125
(Tonga).
Ausführliche Mittheilungen über diese Art (l. c.). Nicht auf
den Vitis und hier durch *P. procerior* Nob. vertreten.
Ein von Dr. Gräffe eingesandtes Nest stimmt so wenig mit
dem von uns beschriebenen und abgebildeten, dass wir, auf alle
Verschiedenheit im Nestbau Rücksicht nehmend, dasselbe nicht als
von ein und derselben Art herrührend ansprechen können.
Dieses Nest, „in einer Baumwollenstaude gefunden", ist von
kreisrunder, napfförmiger Gestalt. Die Wände sind dick, aber
ziemlich lose aus feinen Grashälmchen und einzelnen Wurzelfäser-

chen geflochten; der ziemlich tiefe (18''') Nestnapf enthält keine Ausfütterung mit weicheren Stoffen. Der Nestnapf selbst ist von aussen mit einem Baumwollengewebe, mit Würzelchen und Moos unterwebt, verflochten, welches das Nest an zwei dünne, beblätterte Ausläufer eines Zweiges befestigt, so dass das Ganze ein Hängenest darstellt. Durchmesser c. 2'' 4'''.

Vergleichen wir dieses Nest mit der Bauart derjenigen Meliphagiden Australiens, welche Gould beschreibt, so lässt sich an der Echtheit kaum zweifeln. In diesem Falle muss natürlich das von uns beschriebene Nest (t. I. f. 1) von *Pt. carunculata* einer andern, vorläufig nicht näher zu bestimmenden Vogelart angehören. Ob *Lalage terat?* Die letzte Sendung Dr. Gräffe's enthält übrigens ein mit dem von uns dargestellten ganz übereinstimmendes Nest, leider ohne Angabe des Erbauers.

Zwei Eier von Upolu wie das beschriebene (t. I. f. 2), aber der Grundton lebhafter röthlich und bei dem einen am stumpfen Ende einzelne dunkelbraune Schnörkel. Ob wirklich dieser Art angehörig, oder auch von *Lalage terat?* — Ueber ein angeblich letzterem Vogel zugehöriges Nest von Tonga siehe Journ. f. Orn. 1870. p. 130. — „Manu-yao" der Eingeborenen.

10. *Leptornis samoënsis* (Hombr. et Jacq.).

F. et H. l. c. p. 64. —

Mehrere (5) Exemplare von Upolu.

Die Dimensionen variiren, wie bei *Ptilotis carunculata*, sehr erheblich: Fl. 4'' 7'''—5'' 8''', Schw. 4'' 10'''—5'' 5''' in allen Zwischenstufen.

Das von Dr. Gräffe als dieser Art angehörige eingesandte Ei ist einfarbig zartbläulich, 14''' lang und 10''' breit, es hat also ganz ein staarartiges Gepräge und lässt die Richtigkeit der Bestimmung sehr zweifelhaft erscheinen.

11. *Tatare longirostris* (Gml.).

F. et H. l. c. p. 66. —

Nach Peale käme die Art auf Samoa vor, wir haben sie indess niemals in einer der Godeffroy'schen Sendungen erhalten und hegen gewisse Bedenken bezüglich dieser Localitätsangabe.

12. *Petroica pusilla* Peale.

F. et H. l. c. p. 70. —

Ein alter Vogel von Upolu mit unserer Beschreibung übereinstimmend, aber der weisse Flügelfleck wird nicht durch die Deckfedern der Schwingen 2. Ordn. gebildet, sondern durch die den

Schultern zunächst liegenden grössten Flügeldecken; es entsteht daher ein Längsfleck und keine Querbinde.

Bei jüngeren Vögeln ist die äusserste Schwanzfeder noch nicht rein weiss, sondern zeigt nur auf der Mitte einen kleinen weissen Fleck; der Flügelfleck ist nicht weiss, sondern rostbräunlich.

Noch jüngere Vögel haben Kinn und Oberkehle mehr rauchschwärzlich; die äusserste Schwanzfeder ist rostweisslich, mit schwärzlicher Basis und Spitze, die nächstfolgende ist schwarz mit schiefer rostfahler Binde.

Bürzeldrüse einzipfelig, ohne Büschel. Mageninhalt: Insectenreste.

„Kobi-fatu" der Eingeborenen.

13. *Merula vanicorensis* Quoy et Gaim.

F. et H. l. c. p. 98. —

Männchen und Weibchen (anatomisch untersucht) sind ganz gleich gefärbt. Bei einem Männchen in Spiritus: Schnabel orangegelb, wie die Zunge, der Rachen und ein schmaler Ring um's Auge; Beine citrongelb; Nägel horngelblich.

Ein Exemplar zeigte auf dem Bauche einzelne rostbraune Federn, die ein ähnlich gefärbtes Jugendkleid vermuthen liessen, was sich indess bei Untersuchung Junger nicht bestätigte. Ich erhielt junge eben flügge Vögel mit noch im Wachsthum begriffenen Schwingen (nur 2'' 10''' lang), die schon durchaus so schwarz waren als Älte. Schnabel bräunlichgelb, Basis des Unterschnabels dunkelbraun; die dick angeschwollenen Mundwinkelränder blassgelb; Beine blassbräunlich, Zehen heller.

Ein anderer etwas älterer Vogel (ebenfalls schwarz) hat einen dunkelbraunen Schnabel mit gelben Schneidenrändern und Mundwinkel.

Fl. 3''9'''—4''1''', Schw. 2''5''', F. 7''', L. 14'''.
   4''1''',   2''8''',   —   15''', ♂ (anatom.).

Bürzeldrüse mit einem breiten, lappigen Zipfel. Mageninhalt: Reste von Käfern und anderen Insecten.

Das bisher unbekannte Nest sandte Dr. Gräffe von Upolu ein. Dasselbe trägt ganz einen drosselartigen Charakter. Es ist napfförmig, kreisrund, c. 3'' im Durchmesser und mässig tief, die Wandungen sind sehr dicht aus Würzelchen, mit einzelnen Halmen und Moos unterflochten; der Boden ist ansehnlich dicker als die Wandungen und besteht grösstentheils aus Laub, welches durch Lagen feiner Hälmchen zusammengehalten wird. Die Nistvertiefung selbst besteht im Grunde ebenfalls aus feinen Halmen. — Standort des Nestes nicht angegeben. — Ein anderes Nest von gleicher Construction misst $4^3/_4''$ im Durchmesser, bei c. $2^1/_2''$ Höhe; der Napfdurchmesser beträgt nur $2^3/_4''$.

Das Nest enthält nach Dr. Gräffe 3—4 Eier.

Zwei eingesandte stimmen ganz mit dem von uns beschriebenen überein, aber bei dem einen verfliessen die rostbraunen Flecke am stumpfen Ende ineinander.

14. *Rhipidura nebulosa* Peale.

F. et H. l. c. p. 86. — ib. Proc. 1871. p. 23 (Savai). —

Bei jüngeren Vögeln (von Upolu) ist der weisse Ohrfleck noch sehr undeutlich entwickelt.

Bürzeldrüse gross, einzipfelig, ohne Federbüschel. Mageninhalt: Insectenreste.

Ein Nest von Upolu stimmt ganz mit dem von uns beschriebenen überein; ein anderes, ebenfalls als das dieser Art von Dr. Gräffe bezeichnet, ist total verschieden. Dasselbe hat ganz das Aussehen eines faustgrossen dichten Baumwollenklumpens, der auf der ebenen Oberseite eine daumenglied-grosse Vertiefung besitzt, neben welcher einige feine Würzelchen eingeklebt sind. Die ungleichen Seiten lassen vermuthen, dass das kunstlose Machwerk eine Baumhöhle ausgefüllt haben dürfte. Der Erbauer ist jedenfalls nicht *Rhipidura nebulosa*, sondern ein ganz anderes, bis jetzt noch unbekanntes Vögelchen.

15. *Myiagra albiventris* Peale.

F. et H. l. c. p. 93. —

Ein Weibchen von Upolu ähnelt dem von uns beschriebenen Männchen, aber der Oberkopf und die übrige Oberseite sind mehr schiefergrau mit kaum bemerkbarem grünlichen Scheine.

16. *Myiagra castaneiventris* (Verr.).

F. et H. l. c. p. 95. —

Von der Samoa-Gruppe bisher nicht mehr durch uns zur Untersuchung gelangt.

17. *Pachycephala icteroides* (Peale).

F. et H. l. c. p. 76. — ib. *P. flavifrons* (Peale), p. 78. —

Die Untersuchung zahlreicher (20) alter und junger Vögel von Upolu überzeugte uns vollständig von der Unhaltbarkeit der *P. flavifrons*.

Die letztere repräsentirt offenbar das vollkommen ausgefärbte Kleid des alten Männchens.

Ein solches Exemplar, welches sich am meisten der Abbildung bei Cassin nähert, hat das Kinn schwarz, die Kehle silberweiss, die Federn derselben aber an der Basishälfte rauchschwarz; die übrige Unterseite ist hoch gummiguttgelb; Bürzelfedern am Ende ebenfalls gelb gespitzt. — Ein anderes zeigt das Kinn graulich, Kehle und Kropf reinweiss, mit schiefergrauer Federbasis, ein schneeweisses Feld bildend, übrige Unterseite hochgelb. Andere Männchen haben die Kehle gelb, mit sichtbar hervortretender schwärzlichgrauer Federbasis, wodurch eine Art geschupptes Aussehen entsteht; Kinn blassgelblich, graugelblich bis schwärzlich. — Ein anderes Männchen zeigt die deutliche Uebergangsform von *flavifrons* zu *icteroides*; die Kehlfedern sind an der Basishälfte schwärzlichgrau, an der Endhälfte weiss mit gelbem Spitzensaume, die ganze Kehlgegend erscheint daher unregelmässig gelb, weiss und dunkel geschuppt; Kinn schwärzlich.

Junger Vogel im Uebergange: Federn der Oberseite matt olivenschwärzlich mit rostbraunen Enden, diese am deutlichsten auf Bürzel und Mantel, blasser und schwächer auf Hinterkopf und Hinterhals; schmaler undeutlicher gelber Zügelstreif, Kinn gelb; Kehle rothbraunfahl, mit grauer Basis, Kropf fahl bräunlichgelb, die Federn mit deutlicher gelblichen Endsäumen, übrige Unterseite hochgelb und tief rothbraun gemischt (die gelben Federn sind hervorspriessende); Schwanzfedern mit rotsrothem Spitzenflecke.

Ein anderer junger Vogel wie der vorhergehende, aber die oberen Flügeldecken und der Bürzel rostrothbraun, wie zahlreiche Federn auf Ohrgegend, Halsseiten, Kropf und der übrigen Unterseite.

Ein anderer junger Vogel zeigt Kinn, Kehle und Kropf blassgelblich mit einzelnen rostfarbenen Federn gemischt, die übrige Unterseite ist gelb; bei einem andern fehlt der gelbe Stirnrand und Zügelstreif noch ganz.

Fl.:	Schw.:	F.:	L.:	
3″ 3‴,	2″ 5‴,	6¼‴,	11‴,	ad. (weisskehlig).
3″ 3‴,	2″ 3‴,	6‴,	10‴,	ad. (gelbkehlig).
3″ 3‴,	2″ 3‴,	6¼‴,	10½‴,	(gelb- und weisskehlig).
3″,	2″ 1‴,	5½‴,	10‴,	(rothbraun gefleckt).

Im Magen der von mir (in Spiritus) untersuchten Exemplare fanden sich nur Ueberbleibsel von Insecten.

Für das gleichzeitige Vorkommen der Art auf den Viti-Inseln erhielten wir bisher keine weitere Bestätigung, aber Herr Schmeltz theilt mir freundlichst mit, dass dasselbe ein sicheres sei.

18. *Pachycephala albifrons* (Peale).

F. et H. l. c. p. 79. —

Wir erhielten bisher nur noch 2—3 Exemplare dieser auf Upolu, wie es scheint, weit selteneren Art. Ein alter Vogel stimmt gut mit der Abbildung bei Cassin überein. Jüngere Vögel zeigen Kinn- und Kehlfedern schieferschwarz mit weissen Endspitzen, so dass die Kehle fast rein weiss erscheint. Stets ein deutlicher weisser Längsstrich über den Zügeln.

Grössenverhältnisse ganz wie bei der vorhergehenden Art.

19. *Lalage terat* (Bodd.).

F. et H. l. c. p. 80. — ib. Journ. f. Orn. 1870. p. 129 (Tonga). —

Wir sahen bisher kein vollständig ausgefärbtes Exemplar aus Polynesien, welches genau die Färbung wie ganz alte Vögel von Java gezeigt hätte. Ein jüngeres Männchen stimmt ganz mit dem von uns (p. 82) beschriebenen überein.

Sehr auffallend ist ein junger Vogel von Upolu in der letzten Sendung Dr. Gräffe's, der offenbar das erste Jugendkleid zeigt:

Ganze Oberseite erdbraun, auf Oberkopf und Bürzel dunkler, auf letzterem die Federn mit etwas heller verwaschenen undeutlichen, äusserst schmalen Spitzen; Schwingen und deren Deckfedern dunkler braun mit sehr schmalen bräunlichen Aussensäumen, ebensolche mehr bräunlichweisse an den Deckfedern der 2. Schw.; Basis der Schwingen breit weiss, die der 2. Ordn. isabellweisslich; Zügel und Kopfseiten bräunlich, auf den letzteren mit undeutlichen dunkleren Querlinien; Unterseite und untere Flügeldecken weiss, längs den Seiten bräunlich mit dunklen sehr feinen Querlinien; Schwanzfedern braun wie der Rücken, die äusserste mit breitem (6''') weissen Ende, an der Aussenfahne röthlichisabell; 2. Schwanzfeder mit isabellweissem Ende an der Innenfahne; 3. und 4. mit deutlicher isabellfahlem schmalen Endrande.

Schnabel horngelb; Oberschnabel an der Firstenspitze bräunlich. Beine dunkelbraun. Iris weiss.

Fl. 3'' 2''', M. Schw. 2'', Aeuss. Schw. 1'' 9''', F. 6''', Mundsp. 9''', Breite 2³/₄''', L. 10¹/₄''', M. Z. 6''', jun., Upolu.

Fl. 3'' 5''', M. Schw. 2'' 6''', Aeuss. Schw. —, F. 6''', Mundsp. —, Breite —, L. 11¹/₂''', M. Z. 7''', ad. ♂, Upolu.

Fl. 3'' 7''', M. Schw. 2'' 5''', Aeuss. Schw. —, F. 6''', Mundsp. —, Breite —, L. 10¹/₂''', M. Z. —, ad. Upolu.

20. *Aplonis brevirostris* (Peale).

F. et H. l. c. p. 105. —

Mehrere alte Vögel von Upolu, ganz mit den von uns beschriebenen übereinstimmend.

Fl. 3" 7"'—4",   Schw. —,   F. —,   L. —.

3" 8"'—3" 10"',   2",   6"',   12"' (♀).

Die Zunge ist lang, schmal, vorn fein zerschlissen. Bürzeldrüse einzipfelig, ohne Büschel. — Mageninhalt: Früchte, längliche Schoten und grosse Samenkerne.

Zwei angeblich dieser Art angehörende, von Dr. Gräffe eingesandte Eier ähneln ganz dem von uns dargestellten von *A. tabuensis*, der Gründton ist aber deutlicher grünlichblau und die dunkle Strichelung steht am stumpfen Ende dichter und verfliesst hier mehr in einander. — Länge 10"', Breite 8"'.

21. *Sturnoides atrifusca* (Peale).

F. et H. Centr. Polyn. p. 107. — ib. Proc. Z. S. 1871. p. 24 (Savai). —

Zahlreiche alte Vögel (8) von Upolu; früher durch Kubary von Savai. — Männchen und Weibchen durchaus gleichgefärbt, nur ist das Weibchen kleiner, wie mir auch die anatomische Untersuchung von in Spiritus erhaltenen Exemplaren zeigte (das Weibchen mit stark entwickeltem Eierstocke).

Zunge schmal, lang, vorn mit einem in hornige Fasern gespaltenen Rande, Bürzeldrüse breit, einzipfelig, ohne Federbüschel. Mageninhalt: Reste von Fruchtschalen und Samenkörnern.

Ein jüngerer Vogel zeigt die Flügeldecken, Bürzel und die Unterseite vom Bauche an mit rostfahlen Endsäumen; Bauch, After und untere Schwanzdecken erscheinen daher fast einfarbig rostfahl. „Fuia" der Eingeborenen (Gräffe).

Fl. 5" 9"',   Schw. 4",   F. 13"',   L. —   ♂ ad.

5" 7"',   3" 9"',   13½"',   16"', ♂.

5",   3" 6"',   12½"',   15"', ♀.

5" 4"',   3" 6"',   12"'   —   jun.

5" 9"',   4" 1"',   14½"',   16"', ♂ (anat.).

5" 4"',   3" 9"',   13½"',   15"', ♀ (anat.).

22. *Amblynura cyanovirens* (Peale).

Erythrura cyanovirens, F. et H. l. c. p. 100. — *Amblynura cyanovirens*, ib. Proc. 1871. p. 23 (Savai). —

Zahlreiche (8) alte und junge Vögel von Upolu, übereinstimmend mit solchen von Savai (Kubary).

Bei jungen Vögeln ist der Schnabel orangegelb mit schwarzer Spitze, zuweilen schwarz mit mehr oder minder ausgedehntem gelben Basisfleck.

Lobiospiza H. et F.

Proc. Z. S. 1870. p. 817.

Char. gen.: Der Mundwinkelrand ist aufgestülpt und bildet einen rundlichen dütenartigen Hautlappen, der mit einer grösseren hinteren und einer kleineren vorderen hirsekorngrossen Warze besetzt ist.

(Der dütenartige Hautlappen und die zwei runden Warzen im trockenen Zustande sehr eingeschrumpft, aber deutlich bemerkbar.)

Uebrige Kennzeichen ganz wie bei *Amblynura (Erythrura)*.

23. *Lobiospiza notabilis* H. et F.

Proc. Z. S. 1870. p. 817. tab. 49, et 1871. p. 24 (Savai). —

Einfarbig düster blau, mit einem Scheine in's Grünblaue (düster kupferblau); die schieferschwärzliche Basis der Federn durchscheinend, namentlich auf Zügeln, Backen und Ohrgegend; die Unterseite ist lichter blau als die obere, und die Federn des Bauches zeigen undeutliche weissliche Querwellen. Schwingen braunschwarz, die der 1. Ordn. schmal — die der 2. Ordn. breit düsterblau geraudet, längs Aussenfahne ebenso die Deckfedern, der zusammengelegte Flügel erscheint daher einfarbig blau; die unteren Flügeldecken isabellfahl; obere Schwanzdecken schmutzig bräunlich; die längsten unteren ebenfalls in's Fahlbräunliche scheinend; Schwanzfedern braunschwarz mit graulichbraunen Säumen an Aussenfahne.

Schnabel horngelb mit schwärzlichem Spitzendrittel; der nackte Mundwinkellappen gelb, die Warzen anscheinend blau; Beine und Nägel fahlbräunlich.

L. 3½″, Fl. 2″ 3‴, M. Schw. 12‴, Aeuss. Schw. 9‴, F. 5‴, Mundsp. 5‴, Schnabelh. an Bas. 3¾‴, Schnabelbr. an Bas. c. 2¾‴, L. 8‴, M. Z. 5½‴, Nag. ders. 2¼‴, H. Z. 3‴, Nag. ders. c. 3‴.

L. —, Fl. 2″ 2‴, M. Schw. 13‴, Aeuss. Schw. 11‴, F. 5‴, Schnabelh. an Bas. 3¾‴, Schnabelbr. an Bas. 2¾‴, L. 8‴, M. Z. 5¼‴, H. Z. 3¼‴, Nag. ders. —.

Das durch Dr. Gräffe von Upolu eingesandte Exemplar ist offenbar ein noch nicht ausgefärbter Vogel; wenigstens weist das strahlig zerschlissene Gefieder darauf hin; ebenso die noch gelbe Schnabelfärbung, die ganz mit der der jungen *Amblynura cyanovirens* übereinstimmt. Der Vogel war in Spiritus eingesandt. Der

blaue Ton scheint sich aber kaum dadurch verändert zu haben,
dagegen dürften die schmutzig bräunlichen oberen Schwanzdecken,
vielleicht auch die 2 mittelsten Schwanzfedern roth gewesen sein.

Ein zweites Exemplar von Savai (später durch Kubary erhalten) bestätigt dies. Dasselbe stimmt ganz mit dem ersten überein,
aber Stirn und der ganze Oberkopf, sowie die oberen Schwanzdecken sind matt röthlichbraun, waren aber frisch jedenfalls lebhaft roth. Dies beweist ein Exemplar von *Amblynura cyanovirens*,
bei dem sich das Roth des Kopfes durch den Spiritus ebenfalls in
ein mattes Rostroth veränderte. — Die dütenartig aufgetriebenen
Ränder, ebenfalls mit 2, aber viel kleineren blauen Wärzchen besetzt, sind nicht so hervortretend als am ersten Exemplare, ziemlich versteckt, aber doch ausgebildet; auf der Ohrgegend ebenfalls
einige röthliche Federchen; der alte Vogel also wahrscheinlich noch
lebhafter und bunter (rothen Scheitel und Ohrfleck?, vielleicht auch
die Schwanzfedern, welche rothbräunliche Aussensäume zeigen, roth).

(?) 24.   Amadina optata Nob.

F. et H. l. c. p. 102. —
Auf dem einen durch uns beschriebenen Exemplare beruht
nach wie vor die ganze Kenntniss dieser Art. Es drängen sich
somit Zweifel auf, ob dies Exemplar, welches sich unter einer
Gräffe'schen Sendung in einem Gläschen zusammengetrocknet vor-
fand (Schmeltz in litt), wirklich als freilebend auf Upolu erlangt
wurde. Vielleicht eine entkommene *A. temporalis.*

25.   Ptilinopus Perousei Peale.

F. et H. l. c. p. 110. — ib. Journ. f. Orn. 1870. p. 131. —
Alte Männchen und Weibchen von Upolu (10 Stück) stimmen
durchaus überein; jüngere Exemplare (5 Stück) in der Färbung des
Pt. cesarinus; bei einigen die unteren Schwanzdecken bereits roth,
bei anderen roth mit gelben Spitzen. Der Kropffleck meist nur
schwach angedeutet, aber die Basis der Federn schon düster roth.
Sehr interessant ist ein Männchen im Uebergange, welches ganz
dem bei Cassin (tab. 33, obere Fig. rechts) dargestellten ähnelt
und beide Färbungsstufen vereinigt. Im Ganzen trägt es das vollkommene Kleid des alten Vogels, aber Hinterkopf, Hinterhals, der
Mantel und die oberen Schwanzdecken sind theilweis mit grünen
Federn gemischt, Kopf- und Halsseiten mit grüngraulichen; die
grauweissen Schwanzfedern tragen metallgrüne Enden, einzelne
Federn sind ganz metallgrün, wie beim jungen Vogel.

Der letztere im ersten Jugendkleide, bisher unbeschrieben, liegt ebenfalls vor.

Glänzend dunkelgrün, auf Mantel und Schultern mit äusserst schmalen, auf den Flügeldecken mit breiteren blassgelben Endsäumen, diese an den letzten Schwingen 2. Ordnung noch breiter und in's Weissgelbliche ziehend; Stirn mit einigen rothen Federn; Kinn und Oberkehle graulichweiss, wie die Endsäume der Kropffedern; Brustfedern mit schmalen gelblichen Endsäumen; Bauch und Schenkel grünlichgrau; untere Schwanzdecken hellgelb. „Iris gelb" (Gräffe).

Aehnelt in diesem Kleide sehr dem jungen *Pt. fasciatus*, unterscheidet sich aber durch die breiten graulichweissen Endsäume der Kehlfedern, sowie durch den kürzeren, weit zierlicheren Schnabel.

Dass diese Art wahrscheinlich mehrere Jahre zur völligen Ausbildung bedarf, haben wir bereits ausgesprochen. Eine Notiz Dr. Gräffe's bestätigt diese Ansicht; nach derselben hatte das Weibchen in der Färbungsstufe von *cesarinus* bereits völlig entwickelte Ovarien.

<pre>
Fl.:   Schw.:   F.:
4" 8'''—5" 2''', 2" 7'''—2" 11''', 4³/₄''' (3 Expl. alt.).
4" 6'''—4" 7''', 2" 8''',   4¹/₂''' (2 „   jun.).
</pre>

26. *Ptilinopus fasciatus* Peale.

F. et H. l. c. p. 115. — *Pt. apicalis*, ib. p. 121 et 290. —
Ich untersuchte seither eine ziemliche Reihe von Exemplaren von Upolu.

Ein altausgefärbtes Pärchen von Upolu. Beim Männchen ist der Hals und die Vorderseite bis zur Unterbrust mehr graugrünlich mit gelblich verwaschenem Kinn, beim Weibchen lichter, mehr grünlich-grauweiss, mit weisslichem Kinn; im Uebrigen stimmen beide durchaus überein.

Die Fussfärbung ändert von grünlichgrau bis schmutzig blutroth.

Ein sehr altes Männchen zeigt auf den längsten Schulterdecken die dreieckigen, grossen lilafarbenen Endflecke sehr deutlich; Bauch und Schenkel sind grün, auf dem Vorderbauch ein schmutzig weinrother Fleck; Tibienfedern gelb; untere Schwanzdecken orangegelb, jede Feder mit blass rosafarbenem Schaftfleck.

Bei einem andern Exemplare fehlen die lilablauen Endflecke der Schulterdecken ganz, die unteren Schwanzdecken sind hochgelb, orangeröthlich gespitzt.

Junger Vogel im 1. Kleide: Einfarbig grün; Flügel und Schwanz unter gewissem Licht mit kupferigem Metallschimmer.

Schwingen ganz wie bei den Alten, aber am Ende schmal weisslich gespitzt. Schw. 2. Ordn. und Flügeldecken am Ende breiter gelb gesäumt; Federn der Brust und übrigen Unterseite mit sehr schmalen verwaschenen gelblichen Endsäumen; Bauch, After und untere Schwanzdecken gelb; Kinn gelblichweiss; Schwanzfedern an Innenfahne schwarz, an Aussenfahne grün, kupferig schimmernd, an Innenf. vor dem Ende mit verwaschener grauweisslicher Querbinde; über Zügel und Auge eine ganz schmale gelbliche Linie; Kropffedern ohne Bifurcation; am Stirnrande sind einige schwach violettbräunlich verwaschene Federn; Schnabel schwarz; erste Schwinge weniger stark verschmälert.

Ein anderes, noch etwas jüngeres Exemplar zeigt viel breitere gelbe Endsäume auf den Flügeldecken, ebenso auf den Schwingen 2. Ordnung, die auch längs der Aussenfahne schmal gelb gesäumt sind. Die 1. Schwingen haben gelbweisse breitere Endspitzen. Schwanzfedern, wie beim vorigen Exempl., aber am Ende verwaschen gelb gerandet.

Ein gleichjunger Vogel ist ganz ebenso, aber die grüne Färbung der Oberseite viel lebhafter, dunkler, glänzender, an Stirn einige violette Federn.

Fl. 4″ 11‴,	Schw. 3″,	F. 6‴,	♂.
4″ 10‴,	2″ 6‴,	6‴,	jun.
4″ 7‴,	2″ 5‴,	5½‴,	″
4″ 6‴,	2″ 4‴,	6‴,	″
5″ 2‴ — 5″ 4‴,	2″ 7‴,	—	ad.

Cassin's Abbildung ist im Ganzen zu matt gehalten, der Brustfleck fälschlich oberseits blau (statt purpurroth) markirt.

Wie wir bereits notirten, fällt *Pt. apicalis* Bp. („ex Ins. Samoa, Vavao"!!), brieflichen Mittheilungen J. Verreaux' zu Folge, als junger Vogel unbedenklich mit dieser Art zusammen.

In Spiritus erhaltene Exemplare zeigten grosse Samenkörner als Mageninhalt; die Bürzeldrüse sehr schwach entwickelt.

(?) 27. *Columba vitiensis* Quoy et Gaim.

F. et H. l. c. p. 137. —

Ein in voller Mauser befindlicher, noch junger Vogel („Weibchen mit Eiern", Gräffe) von Upolu zeigt die Oberseite dunkel olivenbraun, die Unterseite ist heller mit einem rothbräunlichen Scheine; Schwingen und Schwanz schwarzbraun; Bürzel und obere Schwanzdecken dunkelschiefergrau, ebensolche Federn auf den Schenkeln und an den Brustseiten, untere Schwanzdecken mehr schieferschwarz; einzelne der Nackenfedern mit metallischgrünen Endsäumen; Kinn und Kehle weiss. Schnabel hornbraun; Füsse dunkelbraun. Fl. 7″ 9‴, Schw. 4″ 11‴.

Die schiefergrauen Federn der Brustseiten und Schenkel lassen der Vermuthung Raum, dass dies Exemplar vielleicht als jüngerer Vogel zur folgenden Art (*castaneiceps*) gehören möge, was sich eben nur durch directe Vergleichung von Jungen beider Arten feststellen liesse. Es dürfte sich dann auch herausstellen, dass *C. castaneiceps* der Navigator-Gruppe, *C. vitiensis* dagegen der Viti-Gruppe eigenthümlich ist.

28. *Columba castaneiceps* Peale.

F. et H. l. c. p. 139. — *C. vitiensis*, pt. Cass. Un. St. Expl. Exp. p. 251 (younger). — *C. vitiensis*, F. et H. l. c. p. 138 (jüngere Vögel). —

Aus Mangel autoptischer Untersuchung konnten wir in unserer Ornithologie Central-Polynesiens nur der Darstellung Cassin's folgen, der nicht abgeneigt ist, *C. castaneiceps* für die junge oder unausgefärbte *C. vitiensis* zu halten. Die letzte Sendung Dr. Gräffe's von Upolu enthält glücklicher Weise drei Exemplare von Upolu, deren Vergleichung mit *vitiensis* nicht die geringsten Zweifel an der artlichen Selbstständigkeit beider übrig lässt. Wie wir bereits (l. c.) bemerkten, hat Cassin die echte *vitiensis* offenbar nicht gekannt und die von ihm als jüngere Vögel dieser Art beschriebenen Exemplare beziehen sich auf *castaneiceps*. Eine genauere Darstellung und Beschreibung dürfte somit nicht überflüssig sein.

Altes Männchen. Oberseite schiefergrauschwärzlich, die Federn auf Hinterhals, Mantel, Schultern, Bürzel und den oberen Schwanzdecken mit breiten metallisch-grün schimmernden Endsäumen, wodurch diese Theile zuweilen in letzterer Färbung erscheinen. Unterseite nebst unteren Flügeldecken dunkel schieferblaugrau, die Federn des Vorderhalses und Kropfes unter gewissem Lichte mit schmalen schwach violett-röthlich schimmernden Endsäumen; Flügel und Schwanz dunkel schiefer-braunschwarz, die oberen kleinen Flügeldecken mit schmalen schwach metallischgrün scheinenden Endsäumen; ganzer Oberkopf, nebst Hinterkopf und Zügeln purpurbraun mit kupfrig violettem Scheine, Nacken lebhaft purpurviolett metallschimmernd; Kopfseiten, Ohrgegend, Kinn und Kehle weiss. Schnabel düster blutroth mit dunkler Spitze; Beine blutroth; Nägel hornschwarz. „Iris, schmaler Augenring, Schnabel und Füsse roth. — Fia-ui der Eingeborenen.“ (Gräffe.)

Weibchen wie das Männchen gefärbt. Bei einem zweiten Männchen erscheinen die purpurvioletten Endsäume der Nackenfedern breiter und lebhafter.

Long.:	Fl.:	Schw.:	F.:	Mundsp.:	L.:	M. Z.:	
14½″,	7″8‴,	5″2‴,	10‴,	13‴,	11½‴,	13‴,	♂.
—	8″3‴,	5″4‴,	9½‴,	14‴,	12‴,	14‴,	♀.
—	7″11‴,	4″11‴,	9‴,	12½‴,	11‴,	12‴,	♂.

C. castaneiceps unterscheidet sich von der nächstverwandten *C. vitiensis* hinlänglich durch den purpurbraunen Oberkopf, die schieferblaugraue Unterseite und die breiten metallischgrünen Endsäume der Federn der Oberseite, welche bei *vitiensis* weit mehr in's Violette ziehen. Letztere Art ist sehr nahestehend der *C. halmaheirae* Bp. (*albigularis* Temm.) von Halmahera, welche sich aber, ausser der bedeutenderen Grösse, durch die prachtvolle kupferviolett glänzende Färbung auf Mantel, Kehle, Kropf und Brust leicht unterscheidet.

29. Carpophaga pacifica (Gml.).

F. et H. l. c. p. 142. — ib. Journ. f. Orn. 1870. p. 134 (Tonga). — ib. Proc. 1871. p. 24 (Savai). —

Ausser zwei normal gefärbten Männchen mit deutlich entwickeltem Schnabelhöcker, von Upolu, enthält die Sendung eine in der Freiheit erlegte Albino-Varietät. Dieselbe zeigt den Kopf, die ganze Unterseite, nebst Schwingen und Deckfedern rein weiss; Nacken, Hinterhals und die obere Mantelgegend sind zart aschgrau; hintere Mantelgegend, nebst Schultern, Rücken und Bürzel metallischgrün, aber jede Feder am Ende in's düster Grünblaue scheinend; Schwanzfedern aschgrau, gegen die Basis zu weissgrau, die zwei mittelsten mit grünschwarzem Ende; die äusserste jederseits schwarz. Schnabel und Beine fleischröthlich.

Fl. 8″ 10‴, Schw. 5‴.

30. Phlegoenas (?) Stairi (Gray).

F. et H. l. c. p. 147. —

Unsere Kenntniss über diese, auf den Inselgruppen Polynesiens sehr localisirt auftretenden Erdtauben bleibt nach wie vor eine sehr unvollständige. Bis jetzt nur in wenigen Museen und meist in einzelnen Stücken vertreten, erweist sich das vorliegende Material noch als zu wenig ausreichend, und es wird grösserer Reihen und der directen Vergleichung von Exemplaren aus den verschiedenen Localitäten bedürfen, ehe sich über den Speciceswerth endgültig entscheiden lässt. Uns selbst kamen leider nur wenige Exemplare in die Hände, so dass wir uns keineswegs schmeicheln dürfen, nur die in Central-Polynesien vorkommenden gründlich zu kennen.

Die letzte Sendung Dr. Gräffe's enthält einen männlichen alt-ausgefärbten Vogel von Upolu, der im Allgemeinen mit dem von uns s. n. *Phl. Stairii* beschriebenen von Viti-Leon übereinstimmt, aber an dem letzteren sind Vorderhals, Kehle, Kropf und Brust viel heller, rostweisslich, während diese Theile am Upolu-Exemplare einen lebhaft graulich-weinfarbenen Ton zeigen, der nur auf der Unterbrust in eine Art hellere, weisslich-weinfarbene Querbinde übergeht. Ausserdem zeigt der Samoa-Vogel, von dem wir bisher nur ein junges Exemplar erhielten, ansehnlich kürzere Flügel, weil die Flügelspitze sehr kurz (c. 13''') ist, wie eine Vergleichung der Messungen zeigt:

al. 5'' 2''', caud. 2'' 11''', rostr. 8''', tars. 13''', dig. med. 10½'''

ad. Samoa

al. 4'' 9''', caud. 3'', rostr. 8''', tars. 12''', dig. med. —, jun. Samoa.
al. 5'' 8''' — 5'' 10''', caud. 3'' 3''' — 3'' 5''', rostr. 7 — 8'''
tars. 13 — 14''', dig. med. 11''', Viti (2 Exempl.).

Es erscheint also nicht ganz unwahrscheinlich, dass die *Phlegoenas* der Viti-Gruppe sich vielleicht als eigene Art erweisen dürfte.

Was die Art der Tonga-Gruppe anbelangt, welche wir (J. f. Orn. 1870. p. 134) für gleichartig mit *Phl. Stairii* erklärten, so scheint es uns jetzt zweifelhaft, ob diese Ansicht vollkommene Berechtigung hat. Wir konnten bisher nur zwei Exemplare von Lifuka untersuchen, welche allerdings sehr gut mit Gray's Abbildung übereinstimmen. Ein uns vorliegendes Exemplar zeigt den Vorderhals, Kehle, Kropf und Oberbrust nämlich lebhaft rostbräunlich-weinfarben, auf der Unterbrust in Isabell-Rostgelblich übergehend, also weit dunkler als an dem Samoa-Vogel. Bei sonst gleichen Grössenverhältnissen ist die Flügelspitze länger (20'''). Der eigenthümliche Färbungston des Vorderhalses u. s. w. stimmt, wie gesagt, ganz mit der Abbildung von Gray überein, und lässt die Vermuthung zu, dass die wahre *Phl. Stairii* auf den Tonga-Vogel bezogen werden muss. Bekanntlich ist Gray in Bezug auf die Localitätsangabe durchaus unsicher und seine Annahme „Navigator-Inseln" entbehrt des sichern Nachweises. Sollten sich die hier gegebenen Andeutungen bewahrheiten und die Verschiedenheit in der Färbung des Vorderhalses, Kropfes u. s. w. sich als von specifischem Werth erweisen, wozu es selbstverständlich weiterer,

zahlreicherer Exemplare bedarf, so würde der Art der Tonga-Gruppe
der Name *Phl. Stairii* verbleiben müssen, während für die Arten der
Viti- und Navigator-Inseln sich eine Neubenennung als nothwen-
dig herausstellen würde. Ohne einer Erledigung der Frage vorzu-
greifen, halten wir es für geeignet, schon jetzt eine solche in Vor-
schlag zu bringen, in *Phl. vitiensis* für die Viti-Art, und in *Phl.
samoënsis* für diejenige der Schiffer-Inseln.

Von der Viti-Gruppe erhielten wir ein zweites Exemplar, welches ganz mit unserer Beschreibung übereinstimmt.

31. *Didunculus strigirostris* Jard.

F. et H. p. 150. —

In früheren Sendungen erhielten wir zwei jüngere Vögel (in
Spiritus) in der letzten zum ersten Male zwei alte Vögel (in Bälgen).
Da unsere Beschreibung der letzteren keine originale war, so lasse
ich eine solche hier folgen.

Altes Männchen (Aug. 1870). Aana-District, Samoa.
Kopf, Hals, obere Mantelgegend, Kinn, Kehle und Kropf glänzend
schwarzgrün, Basis der Federn grauschwärzlich, die oberen Mantelfedern wie mit bepudert aussehenden Endsäumen; Unterseite
schwarzbraun mit schwachem schwarzgrünen Scheine; untere
Schwanzdecken kastanienrothbraun; hintere Mantelgegend, Schultern und die ganze Oberseite nebst Flügel und Schwanz schön
dunkel kastanienrothbraun; Schwingen rauchschwarz, die der 2.
Ordn. an Aussenfahne sehr schwach mit grünbraunem Scheine, wie
die Federn des Eckflügels, die letzten derselben kastanienrothbraun; Schwingen von unten schieferschwarz; untere Flügeldecken
dunkelbraun. Schwanzfedern an Basishälfte und Rand der Innenfahne matt schwarzbraun. Schnabel hornorange, Basishälfte des
unteren in's Zinnoberrothe; Beine ziegelroth; Nägel hellbraun.

„Alle nackten Theile am Kopfe, nebst Füsse und Schnabel
ziegelroth; Iris bräunlich." (Gräffe.)

Ganz ebenso ein alter Vogel von Savai in Spiritus erhalten:
durch den Spiritus ist das Grün des Kopfes und Halses, sowie das
Kastanienrothbraune des Mantels und der Deckfedern dunkler ge-
worden.

Ein jüngeres Männchen (Aug. 1870) von Upolu, wie das von
mir beschriebene (J. f. Orn. 1866. p. 38); von den Zahnkerben im
Unterschnabel ist kaum eine Spur bemerkbar.

Ein anderes junges Weibchen (Aana-District, Samoa) zeigt
die rostrothe Fleckenzeichnung viel lebhafter und breiter; die

grünschimmernden Mantelfedern zeigen ebenfalls schwache rost-
röthliche Querbinden; Schultern mit einzelnen kastanienrothbraunen
Federn wie beim alten Vogel; Flügeldecken mit hufeisen- oder
pfeilförmigen rostrothen Schaftendfleck und schmalem rostrothen
Endsaume; hintere Schwingen 2. Ordn. mit rostroth verwaschenem
Aussensaume und mit dem Schaft parallel laufendem rostbraunen
Längsstrich; hintere Mantelfedern mit schmalen rostrothen Endsäumen; Bürzel grösstentheils kastanienrothbraun gefärbt; obere
Schwanzdecken rostroth mit 2 hufeisenförmigen schwarzen Querbinden; ebenso die unteren Schwanzdecken; übrige Unterseite
braunschwarz, jede Feder mit 2 hellrosträthlichen Querbinden und
schmalem Endsaume, diese wellenförmigen Querbinden sind am
breitesten auf Kropf und Brust; Schwanzfedern wie beim (l. c.)
beschriebenen jungen Vogel. Kopf in voller Mauser und hier die
Färbung des alten Vogels erscheinend (also Uebergang zum vollen
Kleide).

Altes Männchen: 3. Schwinge die längste, 2. u. 4. kaum kürzer, 5. etwas kürzer; 1. Schwinge kürzer, = der 6.; 2.—5. aussen
eingeengt.

Junges Weibchen: 4. Schwinge längste, 3. kaum kürzer; 2.
etwas kürzer, 5. etwas kürzer als 2.; 1. = 6.; erste 5 Schwingen
in sehr feine Spitzen auslaufend.

Das junge Männchen zeigt gleichen Flügelschnitt wie das alte.

Die starken, gekrümmten, spitzen Krallen und robusten Beine
deuten auf ein vorherrschendes Baumleben hin; die starren Schwin-
genschäfte auf einen kräftigen Flug.

„Lulu moëga" auf Upolu (Gräffe).

Ausser dieser Insel bewohnt die Art bekanntlich auch Savai
und Tutuila, woher wir ein Exemplar (am See Lamuto erlegt)
durch das Museum Godeffroy erhielten.

	♂ ad.	♂.	♂ jun.	♀ jun.	jun.
Flügel	7″ 5‴.	7″ 2‴.	7″.	6″ 9‴.	6″ 8‴.
Flügelspitze . . .	1″ 9‴.	1″ 6‴.	1″ 5‴.	1″ 5‴.	—
Schwanz	3″ 3‴.	3″ 6‴.	3″ 7‴.	3″ 7‴.	—
Firste	10‴.	10‴.	9‴.	9‴.	9‴.
Höhe des Oberschna- bels an Basis . .	4‴.	4‴.	c. 4‴.	3½‴.	3½‴.

	♂ ad.	♂.	♂ jun.	♀ jun.	jun.
Höhe des Unterschnabels an Basis . .	$2^1/_2'''$.	$2^1/_4'''$.	c. $2^3/_2'''$.	$2^1/_2'''$.	$2^1/_2'''$.
Breite des Unterschnabels an Basis . .	c. $6'''$.	$5'''$.	$5^1/_4'''$.	$5^1/_2'''$.	—
Mundspalte	$11^1/_2''$.	$10'''$.	$10^1/_2'''$.	$10'''$.	$8^1/_2'''$.
Tarsus	$18'''$.	$18'''$.	$18'''$.	$17'''$.	$18^1/_2'''$.
Tibia (nackt) . . .	$6'''$.	—	$6'''$.	$6^1/_2'''$.	—
Mittelzehe	$13'''$.	$13'''$.	$12^1/_2'''$.	$12^1/_2'''$.	$12'''$.
Nagel derselben . .	$5'''$.	$6'''$.	$5'''$.	$5'''$.	—
Höhe d. ganzen Schnabels vorn	$6^3/_4'''$.	$7'''$.	$6'''$.	$6'''$.	—

    ? 32. *Megapodius Stairi* Gray.

F. et H. l. c. p. 155. —

Der *Megapodius* der Samoa-Inseln bleibt leider noch immer für die Wissenschaft unbekannt.

    33. *Charadrius fulvus* Gml.

F. et H. l. c. p. 188 — ib. Journ. f. Orn. 1870. p. 139 (Tonga). —

Die Exemplare von Upolu stimmen ganz mit den zahlreich von mir untersuchten aus anderen polynesischen Gebieten (Viti, Pelew, Carolinen), aus Kamschatka und Sibirien (Baikal-See) überein.

Fl.:   Schw.:   F.:   L.:   Tib.:   M. Z.:

$6''2'''$,   —,   —, $19'''$, $10'''$,   —,   Upolu.

$6''2'''$, $2''2'''$, $10'''$, $19'''$, $8^1/_2'''$, $10'''$,   Baikal-See.

    34. *Strepsilas interpres* (L.).

F. et H. l. c. p. 197. —

Seither nicht mehr von der Gruppe erhalten.

    35. *Ardea sacra* Gml.

F. et H. l. c. p. 201. — ib. J. f. Orn. 1870. p. 136 (Tonga). —

Ein jüngeres Männchen von Upolu, auf der Unterseite düster braun gemischt.

    Fl. $10''$, Firste $3''$, L. $2''7'''$, Tib. $12'''$, M. Z. $2''$.

    36. *Limosa uropygialis* Gould.

F. et H. l. c. p. 177. —

Ein Weibchen im Winterkleide (Januar) von Upolu.

Fl. $8''$, Schw. $2''6'''$, F. $3''9'''$, L. $25'''$, Tib. $10'''$, M. Z. $14'''$.

37. *Actitis incanus* (Gml.)

F. et H. l. c. p. 182. — ib. Proc. 1871. p. 27 (Savai). —

Exemplare von Savai und Upolu; eins davon im unterseits gebänderten Sommerkleide, die breiten schwarzen Querbinden auch auf den unteren Schwanzdecken sehr deutlich; die übrigen (3) im Winterkleide.

Fl. 5" 10''' — 6" 4''', Firste 16—17'''.

38. *Ortygometra quadristrigata* (Horsf.).

F. et H. l. c. p. 164. —

Keine weiteren Exemplare von der Gruppe erhalten.

? 39. *Ortygometra tabuensis* (Gml.)

F. et H. l. c. p. 167. —

Ist mir nicht aus eigener Anschauung von der Navigator-Gruppe bekannt, wurde aber von Dr. Gräffe als hier vorkommend bezeichnet.

40. *Rallus pectoralis* Less.

F. et H. l. c. p. 157. — ib. Journ. f. Orn. 1870. p. 136 (Tonga). — ib. Proc. 1871. p. 25 (Savai). —

Alte Vögel von Upolu mit fehlender oder nur angedeuteter zimmtrother Kropfquerbinde.

Ein junger Vogel im ersten, theilweis noch mit schwarzen Dunen untermischten Federkleide, ohne entwickelte Flügel und Schwanzfedern, zeigt schon ganz die Färbung des alten Vogels im Wesentlichen angedeutet. Oberkopf dunkelbraun mit helleren Federsäumen, übrige Oberseite olivenbraun, mit kleinem weissen Randflecken; vom Nasenloch über das Auge eine schmale weisse Linie; unter dem Auge bis auf die Halsseiten ein roströthlicher Streif angedeutet, Nacken ebenfalls rostroth verwaschen mit braunen Schaftstrichen; Backen, Kinn und Kehle graulichweiss mit sehr schmalen dunkleren Querlinien, übrige Unterseite schwarz und weiss quergebändert, schmal auf Kropf und Brust, breit an den Seiten, hier die weissen Bänder halb so breit als die schwarzen, die Kropf- und Brustfedern ausserdem mit sehr schmalen rostgelblichen Endspitzen.

Schnabel dunkel röthlichbraun.

Firste 9½''', Lauf 18''', M. Z. 15'''.

Diese Art ist also Brutvogel auf der Navigator-Gruppe. Das durch Dr. Gräffe eingesandte Nest, von dieser Insel, ist ein aus Blättern und Schilf zusammengesetzter loser, platter, unregelmässiger Haufen.

Dass *Rallus Forsteri* (l. c. p. 162) und wahrscheinlich auch

R. hypoleucus Nob. (l. c. p. 163) mit dieser Art zusammenfallen, haben wir bereits nachgewiesen (Proc. Z. S. 1871. p. 25).

Pareudiastes H. et F.

Proc. Z. S. 1871. p. 25. —

Char. gen. — Rostrum ut in genere *Gallinula*, sed ptilosi ab oculis fere ad nares usque producta: scutello frontali parvo, postice rotundato. Alae brevissimae, obtusae, truncatae, remigibus 3—6 aequali longitudine. Cauda brevissima, lacera, decomposita. Pedes minores quam in *Gallinulis*; digitus medius tarso brevior, externus interno paullo longior; unguibus multo magis curvatis quam in genere *Gallinula*.

Diese ausserordentlich interessante neue Form schliesst sich zunächst an *Gallinula*, unterscheidet sich aber hinlänglich und sehr auffallend durch die kurzen, runden Flügel, mit kaum vorragender Flügelspitze, deren Schwingen sehr weich sind, und die bei Weitem kürzeren Zehen, deren mittlere kürzer als der Lauf ist, während bei *Gallinula* gerade das Gegentheil stattfindet; der Schwanz ist fast rudimentär und die Befiederung der Zügel zieht sich spitzwinkelig nach den Nasenlöchern hin.

41. *Pareudiastes pacificus* H. et F.

Proc. 1871. p. 25. t. II. —

Kopf, Hals und die Unterseite dunkel schieferfarben, an den Seiten und auf der Aftergegend in's Olivenschwarze übergehend; die unteren Schwanzdecken rein schwarz; Rand des Stirnschildes und Zügel mit kurzen sammetartigen rein schwarzen Federn spärlich besetzt, Kopfseiten, Kinn und Oberkehle ebenfalls schwarz; Hinterkopf, Hinterhals und Mantel olivenbraun; Flügeldecken etwas dunkler; Bürzel, obere Schwanzdecken und die rudimentären, weichen Schwanzfedern olivenschwarz; Schwingen dunkel braunschwarz. Schnabel röthlich-orange, Stirnschild mehr in's Gelbe ziehend; Beine hellroth; Nägel hornbraun; „Iris braunroth".

Das Exemplar scheint ein völlig ausgefärbter Vogel.

Ein zweites Exemplar (in Spiritus übersandt) ist anscheinend jünger: Stirnschild schmutziggelb, Schnabel röthlichbraun, Beine röthlich-hornbraun; Nägel hornbraun.

Fl. 4″ 4‴, Schw. 16‴, Schnab. incl. Schild 18‴, Mundsp. 15‴, Lauf 19‴, Tib. 6½‴, M. Z. 16‴, Breite d. Stirnsch. 4¼—5‴.

Eine Entdeckung Kubary's von Savai, der bisher nur diese beiden Exemplare einsandte, ohne Mittheilungen über dieselben zu machen. „Punae" der Eingeborenen. Es lässt sich erwarten, dass die eigenthümliche Form auch Besonderheiten in der Lebensweise zeigen wird.

42. *Porphyrio samoënsis* Peale.

P. samoënsis et *vitiensis* Peale. — *P. indicus* Cass. (nec Horsf., nec F. et H.). Un. St. Expl. Exp. p. 308. — *P. vitiensis*, ib. p. 309. — id F. et H. l. c. p. 172. — ib. Journ. f. Orn. 1870. p. 135 (Tonga). — ib. Proc. Z. S. 1871. p. 27 (Savai). —

Wir haben bereits darauf aufmerksam gemacht, dass die central-polynesischen Inselgruppen nur eine Art Purpurhuhn beherbergen, wie wir uns durch Vergleichung von Exemplaren von Savai, den Viti- und Tonga-Inseln überzeugten. Sechs weitere, durch Dr. Gräffe auf Upolu eingesammelte Exemplare bestätigen die Richtigkeit dieser Angabe vollkommen: die wiederholte Vergleichung mit Viti-Exemplaren lässt nicht den geringsten Zweifel an der specifischen Gleichartigkeit.

Bei einem alten, frischvermauserten Männchen ist die Oberseite wie die Deckfedern dunkel olivenbraun, nur an den Federenden schwach in's Olivengrünbraune scheinend; Schwingen 1. Ordnung und deren Deckfedern braunschwarz mit schwach ins düster Blaue scheinenden Aussensäumen. Bei jüngeren Vögeln hat die Oberseite einen deutlich olivengrünbraunen Ton, die mittleren Deckfedern ziehen mehr in's Rothbraune und die Schwingen 1. und 2. Ordn. haben an der ganzen Aussenfahne einen deutlicheren grünblauen Schein, der nach der Spitze zu mehr in Grün übergeht, aber nur unter gewissem Lichte sichtbar ist; die braunen mittleren Flügeldecken haben verwaschene olivenbraungrünliche Endsäume. Die blauen Federn des Halses und der Unterseite sind bei jungen Vögeln matter und tragen sehr feine fahlbräunliche Endspitzen.

Fl. 7″ 6‴, Mundsp. 15‴, Schnabell. incl. Schild 1″ 11‴, Breite des Schildes 7¹/₂‴, Länge vom Nasenloch an 10‴, Lauf 2″ 7‴, Tib. 14¹/₂‴, Mit. Z. 2″ 10‴, Upolu.

Fl. 7″ 6‴, Schwanz 2″ 10‴, Mundsp. 15‴, Schnabell. incl. Schild 2″ 1‴, Breite des Schildes 8‴, Länge vom Nasenloch an 10¹/₂‴, Lauf 2″ 10‴, Tib. 14‴, Mit. Z. 2″ 9‴, Upolu.

Fl. 7″ 8‴, Mundsp. 14‴, Schnabell. incl. Schild 1″ 10‴, Breite des Schildes 6‴, Länge vom Nasenloch an 10‴, Lauf 2″ 9‴, Tib. 12‴, Mit. Z. 2″ 8‴, Upolu.

Fl. 7″ 11‴, Schwanz 2″ 6‴, Mundsp. 15¹/₂‴, Schnabell. incl.

Schild 2″ 3‴, Breite des Schildes 9‴, Länge vom Nasenloch an 11‴,
    Lauf 2″ 11‴, Tib. 16‴, Mit. Z. 2″ 10‴, Upolu.
Fl. 8″, Mundsp. 16‴, Schnabell. incl. Schild 2″ 4‴, Breite des
    Schildes 10‴, Lauf 3″, Tib. 15‴, Mit. Z. 2″ 7‴, Upolu.
Fl. 8″ 1‴, Mundsp. 16‴, Schnabell. incl. Schild 2″ 6‴, Breite
    des Schildes 10‴, Lauf 2″ 11‴, Tib. 16‴, Mit. Z. 2″ 10‴, Upolu.
Fl. 8″, Mundsp. 15‴, Schnabell. incl. Schild 2″ 4‴, Breite des
    Schildes 9¹⁄₂‴, Lauf 2″ 11‴, Tib. 17‴, Mit. Z. 2″ 10‴, Savai.

Cassin's Annahme der Gleichartigkeit des Purpurhuhns der
Navigator-Inseln mit dem auf Java und dem indischen Archipel
verbreiteten *P. indicus* Horsf. ist eine durchaus irrthümliche. Das
letztere, von dem ich javanische Exemplare vor mir habe, unterscheidet sich leicht durch die schwärzliche, blau scheinende Oberseite und die an der Aussenfahne deutlich blauen Schwingen, namentlich die der 2. Ordn. mit dunkelbraunem Aussensaume; das Meer-
blau des Vorderhalses und Kropfes ist heller und lebhafter.

Das Purpurhuhn Central-Polynesiens, dem der Name *samoënsis*
verbleiben muss, heisst nach Dr. Gräffe bei den Eingeborenen
Upolus „Manu-ali".

43. *Anas superciliosa* Gml.
F. et H. l. c. p. 213. —

Wir erhielten keine weiteren Exemplare von Upolu, deren Untersuchung sehr willkommen gewesen wäre, da die bisher untersuchten kleinere Dimensionen zeigten.

44. *Sterna fuliginosa* Gml.
F. et Hartl. Central Polynes. p. 225. —

Wir nahmen diese so weit verbreitete Art zwar in unserer Ornithologie Central-Polynesiens auf, bemerkten indess, dass uns
bisher keine Exemplare aus jenen Gebieten zugegangen waren.

Die letzte Sendung Dr. Gräffe's enthält nun ein Exemplar und
zwar von Upolu, wodurch das Vorkommen also unzweifelhaft be-
wiesen wird. Es ist dies ein junger Vogel, welcher ganz mit dem
von uns beschriebenen (p. 226) von der Somaliküste übereinstimmt.

Fl.:	Aeuss. Schw.:	Mitt. Schw.:	F.:	Mundsp.:	L.:	M. Z.:
10″.	4″5‴.	2″8‴.	13¹⁄₂‴.	19‴.	10‴.	9¹⁄₂‴.

45. *Gygis alba* (Sparrm.).
F. et H. l. c. p. 232. — ib. Journ. f. Orn. 1870. p. 140
    (Tonga). —

Die letzte Sendung Dr. Gräffe's enthält Exemplare von Upolu,
woher die Art bis jetzt nicht nachgewiesen war.

Fl.:   Aeuss. Schw.:   M. Schw.:   F.:   Mundsp.:   Lauf: M. Z.:
9"6"'.   4"5"'.   3"10"'.   19½"'.   26"'.   5½"'.   9"'.

46. *Thalassidroma lineata* Peale.

F. et H. l. c. p. 241. —

Diese von Peale auf Upolu entdeckte Art wurde von Dr. Gräffe nicht erlangt und gelangte somit nicht zu unserer Untersuchung.

Puffinus dichrous Nob.

F. et H. l. c. p. 244. —

Die nochmalige genaue Untersuchung des in Besitz des Berliner Museum gelangten Typus von McKeans-Insel, die wir der Güte Dr. Cabanis' verdanken, überzeugte uns von der Gleichartigkeit mit dem von den Pelew-Inseln erhaltenen *Puffinus*, den wir irrthümlich für *opisthomelas* Coues erklärten. (*P. opisthomelas* Hartl. Proc. 1867. p. 832 [var. minor.]. — H. et F. ib. 1868. p. 118.) —

47. *Phaëton rubricaudatus* Bodd.

F. et H. l. c. p. 248. —

Unter den Sendungen Dr. Gräffe's nicht erhalten, aber durch Peale von Upolu nachgewiesen.

48. *Phaëton aethereus* L.

F. et H. l. c. p. 250. —

Früher durch Dr. Gräffe von Upolu eingesandt.

49. *Phaëton candidus* Briss.

Ph. flavirostris Brandt. —

Schon im Jahre 1868 erhielten wir ein durch Dr. Gräffe in Spiritus übersandtes Exemplar dieser Art von Upolu. Die letzte Sendung enthält wiederum ein Männchen und Weibchen, nebst einem Nestjungen im Flaumkleide, wodurch nicht nur das Vorkommen, sondern diese Art auch als Brutvogel Central-Polynesiens sicher erwiesen wird. Bisher war sie aus diesem Gebiete unbekannt.

Beide Geschlechter sind durchaus gleichgefärbt; das Junge ist mit einem dichten wolligen, weissen Flaumkleide bedeckt; Schnabel schwärzlich mit horngelbbräunlicher Basis.

Exemplare von den Pelew-Inseln und St. Thomé stimmen durchaus überein. Die weissen Partien sind zuweilen zart morgenroth überlaufen, wie an einem Exemplare von St. Thomé und einem von den Pelew-Inseln. Der Schnabel ist im getrockneten Zustande mehr oder minder lebhaft horngelb, mit horngrüngrauem Basistheile, der zuweilen nur schwach graulich angedeutet erscheint.

„Iris schwarzbraun; Schnabel gelb; Läufe und Basistheil der Daumenschwimmhaut weisslich; Zehen und Schwimmhäute schwarz;

beim Weibchen der Schnabel blassgelb mit dunkel schwärzlichgrauer Basis; Kavai der Eingeborenen Upolus." (Gräffe).

Bei einem in Spiritus erhaltenen Exemplare ist der Schnabel
horngelbfahl, gegen die Basis zu horngrünlich; Beine blasshorn-
gelb, Zehen und Schwimmhäute schwarz. Die weit hinten im
Rachen sitzende Zunge ist hoch und schmal, spitz zulaufend, mit
breiterer Basis, trägt eine tiefe Längsfurche und ist nur am Spitzentheile frei. Bürzeldrüse sehr gross, mit einem Federbüschel.

Ph. candidus unterscheidet sich von *aethereus* leicht durch den
gelben Schnabel, die schwarzen Schäfte der Schwanzfedern und die
bedeutend geringere Grösse.

Fl. 9″ 9‴, M. Schw. 16″, 2 mittl. Schwzf. 4″, F. 22‴, Mundsp. 27‴,
Schnabelh. an Bas. 7‴, L. 9‴, M. Z. 12½‴, ♂. Upolu.

Fl. 9″ 6‴, M. Schw. 16″, 2 mittl. Schwzf. 4″ 2‴, F. 22‴,
Mundsp. 28‴, Schnabelh. an Bas. 6¾‴, L. 9‴, M. Z. 12½‴,
♀. Upolu.

Fl. 9″ 6‴—9″ 9‴, M. Schw. 12″—16″ 9‴, 2 mittl. Schwzf. 3″ 6‴
— 4″ 2‴, F. 19—20‴, Mundsp. 27‴, Schnabelh. an Bas. 7‴,
L. 9—9½‴, M. Z. 12½—13‴ (Pelew. 3 St.).

Fl. 9″ 9‴, M. Schw. 19″, 2 mittl. Schwzf. 4″ 6‴, F. 20½‴,
Mundsp. 28‴, Schnabelh. an Bas. 7′′, L. 9½‴, M. Z. 12½‴,
St. Thomé.

50. *Dysporus sula* (L.).

F. et H. l. c. p. 260. —

Früher durch Dr. Gräffe von Samoa und den McKeans-Inseln
eingesandt.

51. *Tachypetes aquilus* (L.).

F. et. H. Centr. Polyn. p. 265. —

Ein altes Männchen von Upolu, woher die Art durch Dr. Gräffe
bisher nicht eingesandt wurde, liefert uns den überzeugenden Be-
weis der vollständigsten specifischen Uebereinstimmung pacifischer
und atlantischer Exemplare. *T. Palmerstoni* Cass. ist daher als
Art ein- für allemal zu streichen.

Das Exemplar von Upolu stimmt ganz mit dem von uns beschriebenen brasilianischen überein; die Mantelfedern schimmern
prachtvoll in's Kupferviolette.

Fl. 21½″. M. Schw. 6″ 3‴. Aeuss. Schw. 13½″. F. 4″. Mundsp.
4″3‴. Schnabelh. an Bas. 13‴. Schnabelbreite 13½‴. M. Z. 23‴.

„Atafa" der Eingeborenen Samoas (Gräffe).